COLLECTION

E. VAÏSSE

COLLECTION

E. VAÏSSE

PARIS. — IMPRIMERIE DE L'ART

E. MÉNARD ET J. AUGRY, 41, RUE DE LA VICTOIRE

CATALOGUE

DES

OBJETS D'ART

ET DE HAUTE CURIOSITÉ

DU MOYEN-AGE, DE LA RENAISSANCE ET DES TEMPS MODERNES

Composant l'importante Collection

DE

M. E. VAISSE

DE MARSEILLE

ET DONT LA VENTE AURA LIEU

HOTEL DROUOT, SALLES Nᵒˢ 8 & 9

Les Lundi 5, Mardi 6, Mercredi 7 et Jeudi 8 Mai 1885

A DEUX HEURES

Par le Ministère de M. PAUL CHEVALLIER, commissaire-priseur

10, rue de la Grange-Batelière, 10

Assisté de M. CHARLES MANNHEIM, expert

7, rue Saint-Georges, 7

EXPOSITIONS

PARTICULIÈRE	PUBLIQUE
Le Samedi 3 Mai 1885	Le Dimanche 4 Mai 1885

DE UNE HEURE A CINQ HEURES

CONDITIONS DE LA VENTE

La vente aura lieu expressément au comptant.

Les acquéreurs payeront en sus des enchères *cinq pour cent* applicables aux frais.

L'exposition mettant le public à même de se rendre compte de l'état des objets, il ne sera admis aucune réclamation une fois l'adjudication prononcée.

Paris. — Imprimerie de l'Art. E. Ménard et J. Augry, 41, rue de la Victoire.

AVANT-PROPOS

u moment où les richesses d'art, décrites dans le présent catalogue, vont être dispersées aux quatre vents du ciel, par les hasards capricieux des enchères, nous avons voulu donner un souvenir à l'effort considérable d'un homme de goût et à ce qu'on pourrait appeler : son œuvre. En effet, M. Vaïsse ne s'était pas borné à amasser des objets d'art en s'attachant à des spécialités relativement faciles à grouper, mais il avait formé par la réunion intelligente et méthodique des diverses branches de l'art — de l'art français, ce qui est à nos yeux un mérite de plus — un ensemble digne d'être remarqué, parce qu'il aurait pu servir d'exemple utile; c'était un fonds, formant, pour ainsi dire, la synthèse de l'art décoratif, reliant entre eux les divers éléments d'un enseignement fécond.

Il nous a été donné de voir cette collection, disposée avec un ordre parfait dans les diverses salles d'une grande habitation, à Marseille. L'ameublement et l'ornement étaient formés par des objets d'art, si bien mis dans leurs cadres naturels, qu'on pouvait croire qu'ils avaient toujours existé là où le goût délicat du collectionneur leur avait assigné la place qu'ils occupaient.

Les tapisseries ornant les murs et décorant les dessus de portes du salon, les meubles, les crédences et les bahuts sculptés,

les fauteuils et les sièges, aménagés dans les diverses salles avec une entente ingénieuse des effets, formaient un ensemble absolument remarquable. Les armes en trophées et en panoplies, les faïences, les ivoires et les bois sculptés, peints et dorés, les émaux les plus délicats et les plus brillamment colorés, adroitement disposés sur les panneaux ou dans des vitrines de tous genres, complétaient l'effet particulièrement heureux de cette collection, hors de pair par la profusion des pièces rares et précieuses qui la constituaient.

Si de l'ensemble on passait aux détails, l'examen était encore plus intéressant. Il fallait admirer tout d'abord une tapisserie de la fin du xve siècle, d'une importance capitale. Elle provient de Ravennes et représente saint Ambroise, offrant un fruit à l'Enfant Jésus. Cette superbe composition, tissée d'or et d'argent, attribuée avec raison, à notre avis, à Van Eyck, est d'un effet puissant, aussi bien par la beauté des figures, par l'éclat pondéré du coloris, que par la vigoureuse finesse de son exécution ; c'est un pur chef-d'œuvre digne du plus riche des musées d'État. On remarquait aussi une très belle suite de tapisseries du xvie siècle, qui ornaient les salles du palais Feretti, à Gênes. Les sujets mythologiques, traités avec une ampleur et une somptuosité extraordinaires, ont été composés par Buonaccorsi, considéré comme le meilleur dessinateur, après Michel-Ange, de l'école de Florence. Ils présentent un intérêt particulier, parce que ce ne sont pas des tableaux reproduits en tapisserie, mais bien des compositions faites en vue de leur destination et qui produisent un admirable effet décoratif; au milieu de détails charmants, une Cérès et un Mercure sont de véritables petites merveilles. Plusieurs autres tapisseries étaient aussi fort intéressantes, et enfin des broderies : orfrois de chapes, coussins ornés de reliefs en argent, ainsi que des tapis persans d'un dessin original, méritaient une sérieuse attention.

Les meubles se composaient de bahuts, de tables, de

crédences, d'armoires, et principalement d'un meuble à deux corps en noyer, du temps de Henri II, d'un style très pur et très fin, admirablement composé, ouvré et sculpté, complet dans tous ses détails et d'une conservation parfaite. Une très belle chaire, avec son haut dossier sculpté, offrait un curieux et rare spécimen du travail de l'école auvergnate de la Chaise-Dieu.

Le chapitre des marbres, des bois et des ivoires sculptés, très riche en sujets divers, comprenait, notamment, un buste en marbre de Charles-Quint, des petits groupes, des figures, des bas-reliefs en marbre, une tête de Vierge, du xve siècle, en pierre peinte, d'une naïveté charmante et d'une perfection rare ; des statuettes en bois, des sculptures diverses, deux soufflets en noyer, sculptés, peints et dorés, exemples achevés de l'habileté ingénieuse et de la sûreté de main des maîtres huchiers-sculpteurs de la Renaissance française. Il fallait noter surtout une suite très curieuse d'ivoires sculptés, sous forme de diptyques et de triptyques des xive et xve siècles, de figurines, de coffrets et très particulièrement un *lectrin* en écaille et ivoire percés à jour, d'une composition très originale et d'une conservation extraordinaire.

La céramique était représentée par des faïences françaises, italiennes et chinoises.

La partie de la collection concernant les émaux était remarquablement belle par le choix des objets, tels que : coffrets, plaques, diptyques et triptyques, dus aux maîtres émailleurs qui ont établi l'incomparable réputation de Limoges au xvie siècle. Un triptyque de Pénicaud ou de Monvaerni, d'une composition et d'un éclat étonnants, méritait surtout l'admiration.

Les armes auraient pu former à elles seules une collection très curieuse. Elles ont été choisies avec un soin et une sûreté de goût remarquables. Il faudrait les citer toutes, et principalement diverses pièces d'armure d'homme et de cheval. Une selle milanaise complète, en velours rouge piqué, dont l'arçon et la trousse sont en acier damasquiné d'or, une masse d'armes très rare, des arquebuses précieusement incrustées, des pistolets et surtout un certain nombre d'épées, de fabrication française, sont des pièces extrêmement précieuses, aussi bien par l'élégance et la richesse de leurs formes, que par la rare perfection de leur exécution.

On se préoccupe tant et si bien actuellement, de faire renaître les arts, si français, qu'on nomme aujourd'hui : *les arts décoratifs*, et l'on sent si bien la nécessité de se retremper aux sources mêmes de ces arts charmants qui furent une de nos plus pures gloires, qu'il faut supposer que tous ces trésors, mis en vente, seront acquis par nos musées d'enseignement, afin de montrer, à tous, les chefs-d'œuvre de nos devanciers.

Il faut au moins espérer que ce qui ne sortira pas de France entrera dans des collections particulières, non pas dans celles qui restent closes aux savants et aux artistes, ou qui ne sont entr'ouvertes jalousement que pour une satisfaction égoïste et stérile, mais bien dans ces collections hospitalières — et il y en a — qui sont largement ouvertes aux travailleurs de bonne volonté.

ÉDOUARD CORROYER,
Architecte.

Avril 1885.

ORDRE DES VACATIONS

N. B. *L'ordre numérique ne sera pas suivi.*

Désignation des Objets

SCULPTURES EN IVOIRE

1 — Beau et très curieux pupitre pliant, entièrement couvert de motifs gothiques finement sculptés, découpés à jour et appliqués sur un fond de velours rouge. Précieux travail du xve siècle et de la plus grande rareté.

Long., 42 cent.; larg., 36 cent.

2 — Édicule fermant à volets en ivoire, rehaussé de peinture, représentant au centre le groupe de la Vierge debout et couronnée portant l'Enfant Jésus sur son bras gauche. Les quatre volets sculptés en bas-relief représentent en deux registres superposés diverses scènes tirées de la vie du Christ. Travail des premières années du xve siècle.

Hauteur totale, 29 cent.; largeur totale, 16 cent.

3 — Édicule fermant à volets analogue à celui qui précède, mais plus petit. Dans celui-ci, la Vierge est assise et présente une fleur à son divin fils. Même époque.

Hauteur, sans le socle en bois noir, 135 millim.

4 — Baiser de paix composé d'un bas-relief en ivoire représentant le Christ en croix entouré de saints personnages. La monture simule un portail d'église en argent doré, à branchages et chatons de pierreries se détachant sur un fond émaillé vert. Dans le haut, un médaillon disposé comme reliquaire est surmonté d'un écusson armorié et émaillé. Travail français du xve siècle.

Haut., 16 cent.; larg., 10 cent.

5 — Diptyque du xive siècle finement sculpté en bas-relief. Un des volets représente le sujet de l'Adoration des Rois Mages et l'autre le Christ en croix recevant le coup de lance, et les figures de saint Jean, de la Madeleine et du donataire. Ces scènes sont placées sous des arceaux en ogive.

Haut., 85 millim.; largeur totale, 138 millim.

6 — Bas-relief sans fond, en ivoire, représentant une sainte femme debout
derrière une table couverte par un napperon sur laquelle reposent un pain
et un vase à eau. xive siècle.

Haut., 90 millim.

7 — Beau diptyque en ivoire, sculpté en bas-relief et rehaussé de couleur et
de dorure. Il présente, en deux registres superposés, huit scènes tirées de
la vie du Christ et surmontées d'arceaux en ogive. Beau travail français
de la fin du xive siècle.

Haut., 152 millim.; largeur totale, 185 millim.

8 — Autre diptyque d'ivoire de la plus grande finesse d'exécution. Le volet
gauche représente la Vierge debout, vêtue de long, portant l'Enfant Jésus
sur son bras gauche et couronnée par un ange; à sa droite et à sa gauche,
deux autres anges portent des flambeaux. Le second volet représente le
Christ en croix entre saint Jean et Madeleine. Chacune de ces scènes est
placée sous un arceau en ogive dont les extrémités sont terminées par des
clochetons. xve siècle.

Haut., 102 millim.; largeur totale, 127 millim.

9 — Petit bas-relief représentant deux guerriers, en présence d'un souverain
couronné qui tient son glaive de la main droite. xive siècle.

Haut., 73 millim.; larg., 44 millim.

10 — Statuette-applique en os représentant Charlemagne assis tenant la boule
du monde de la main droite. Les vêtements ont conservé des traces de
peinture. Époque carolingienne (?).

Haut., 19 cent.

11 — Groupe en ivoire : la Vierge debout, vêtue de long, tient l'Enfant Jésus
assis sur son bras droit. Travail français du xive siècle.

Hauteur, sans le pied en bois, 15 cent.

12 — Groupe en ivoire : la Vierge debout et drapée tient l'Enfant Jésus assis
sur son bras gauche et lui présente une fleur; sa tête est ceinte d'une couronne d'argent. xve siècle.

Hauteur, sans le socle en bois, 19 cent.

13 — Coffret vénitien de forme oblongue à couvercle dômé en marqueterie
de bois et d'ivoire et décoré de bas-relief en os représentant des personnages groupés deux à deux. Le couvercle est orné de figures de Renom-
mées. xive siècle.

Haut., 14 cent.; larg., 17 cent.

14 — Statuette en ivoire : l'Enfant Jésus debout, le corps ceint d'une draperie ;
ses cheveux sont dorés. xvie siècle.

Haut., 95 millim.

15 — Statuette en ivoire : l'Enfant Jésus nu et couché. Cette figure provient
probablement d'un groupe qui devait représenter la Crèche. xviie siècle.

Long., 10 cent.

16 — Figurine d'enfant nu debout en ivoire. Il tient un feston de fruits
derrière son dos. xviie siècle.

Haut., 68 millim.

17 — Figurine équestre en ivoire : Souverain à cheval tenant le sceptre. Pièce
d'échiquier du xvie siècle.

Haut., 7 cent.

18 — Autre pièce d'échiquier en ivoire : tour carrée sur le dos d'un éléphant.
Même époque.

Haut., 53 millim.

19 — Trois pièces en ivoire : deux figurines agenouillées (haut., 4 cent.) et
un grattoir à manche formé d'un buste de personnage en costume
Louis XIII, en ivoire (long. totale, 13 cent.).

20 — Quatre petits animaux en ivoire : deux chevaux, l'un d'eux incomplet
monté par un guerrier dont la tête manque, un lion et un animal fantastique ailé à tête humaine.

21 — Trois pièces en ivoire : sifflet surmonté d'une tête de guerrier casqué,
sainte femme debout et manche de cachet formé d'un buste de femme ;
ce dernier a un socle en jaspe.

22 — Deux pièces : pomme de canne, décorée de bustes de profil en bas-relief,
et médaillon rond renfermant une tête de chérubin.

SCULPTURES EN BOIS

23 — Bois. — Coffret oblong à couvercle plat, décoré sur le couvercle et au pourtour de bas-reliefs représentant des scènes de la vie privée, des combats d'animaux et un sujet allégorique. Cette pièce porte également diverses inscriptions, latines et allemandes, en caractères gothiques. Travail allemand du xvᵉ siècle.

Haut., 7 cent.; larg., 19 cent.

24 — Buis. — Jolie petite statuette de sainte femme debout, vêtue de long et la tête couverte d'un capuchon. Elle tient un livre de la main gauche. Travail français de la fin du xvᵉ siècle.

Haut., 125 millim.

25 — Bois peint rehaussé de dorure. — Statuette de sainte femme debout, les mains jointes ; elle est vêtue d'une tunique longue dorée, avec manches simulant une étoffe vénitienne ; coiffure haute avec draperie sur le devant. Travail français du commencement du xvᵉ siècle.

Haut., 49 cent.

26 — Bois peint rehaussé de dorure et de parties argentées. — Groupe : Saint Georges, armé de toutes pièces, terrassant le dragon. xvᵉ siècle.

Haut., 44 cent.

27 — Bois. — Deux belles statues représentant des saintes femmes debout, vêtues de long. Beau travail des bords du Rhin, du xviᵉ siècle.

Haut., 95 cent.

28 — Bois de chêne. — Deux grandes figures debout : la Vierge et saint Jean. Travail flamand du xviᵉ siècle.

Haut., 1 m. 30 cent.

29 — Bois peint et doré. — Groupe-applique : la Vierge, debout et drapée, porte l'Enfant Jésus sur son bras gauche. Fin du xviᵉ siècle.

Haut., 1 m. 3 cent.

30 — Bois de chêne. — Groupe provenant d'un retable et représentant l'Évanouissement de la Vierge ; composition de quatre figures. xviᵉ siècle.

Haut., 45 cent.; larg., 30 cent.

31 — Bois. — Petit buste de jeune fille. xvi⁰ siècle.

Haut., 15 cent.

32 — Bois. — Statuette de sainte femme debout, vêtue d'une robe serrée à la taille. Travail espagnol du xvi⁰ siècle.

Haut., 38 cent.

33 — Bois. — Lot de quinze figures et bustes, provenant d'extrémités de poutres du xvi⁰ siècle, variés de dimensions. (Ce lot sera divisé.)

34 — Bois. — Haut-relief représentant un groupe de gens de qualité en costumes du temps de Louis XII. Travail du temps.

Haut., 32 cent.; larg., 20 cent.

35 — Bois peint rehaussé de dorure. — Haut-relief provenant d'un retable et représentant le Christ présenté au peuple; composition de onze figures. Allemagne, xvi⁰ siècle.

Haut., 25 cent.; larg., 22 cent.

36 — Bois. — Deux statuettes d'enfants, l'un d'eux assis, l'autre agenouillé et pleurant. xvii⁰ siècle.

Haut., 30 cent.

37 — Bois peint et doré. — Statuette-applique : Guerrier debout et drapé tenant un glaive de sa main droite. xv⁰ siècle.

Haut., 1 m. 22 cent.

SCULPTURES DIVERSES

38 — Marbre blanc. — Beau buste, grandeur nature, de Charles-Quint. Il a la tête ceinte d'une couronne de laurier et porte l'armure, ainsi qu'une écharpe et le collier de l'Ordre de la Toison d'or. Beau travail du temps.

Hauteur avec le piédouche carré, mais non compris le socle en marbre portor, 70 cent.

39 — Marbre tendre. — Statuette de moine pleureur, provenant vraisemblablement des tombeaux des ducs de Bourgogne, à Dijon.

Haut., 45 cent.

40 — **Marbre tendre**. — Petit groupe : la Vierge assise, vêtue de long et la tête couverte d'un voile, allaite l'Enfant Jésus qu'elle tient de ses deux mains. France, xve siècle.

Haut., 32 cent.

41 — **Marbre blanc**. — Bénitier en forme de chapiteau, offrant au pourtour des rinceaux, des rosaces et des oiseaux fantastiques en bas-relief et à sa partie supérieure les symboles des évangélistes. Travail italien de la fin du xiie siècle ou des premières années du xiiie.

Haut., 42 cent; diam., 70 cent.

42 — **Marbre blanc**. — Partie de fontaine à quatre faces, dont trois sont occupées par des mascarons disposés pour lancer l'eau et la quatrième par un écusson armorié. Italie, xvie siècle.

Haut., 24 cent.; larg., 30 cent.

43 — **Marbre blanc**. — Haut-relief : la Vierge, vue à mi-corps, tient l'Enfant Jésus assis sur un coussin. Ce groupe repose sur un chérubin, vu à mi-corps, les ailes ouvertes, et qui tient une croix de ses deux mains. Travail italien d'après Donatello.

Haut., 1 m. 23 cent.; larg., 63 cent.

44 — **Marbre tendre**. — Groupe de quatre figures, représentant le Retour de la Vierge du Calvaire, accompagnée par saint Jean et des saintes femmes. xvie siècle.

Hauteur, sans le socle, 29 cent.

45 — **Pierre**. — Support triangulaire, décoré au pourtour de trophées d'armes, de rinceaux et de mascarons sculptés en bas-relief. Travail de la fin du xve siècle.

Haut., 21 cent.; larg., 40 cent.

46 — **Pierre**. — Tête de Vierge, grandeur nature, conservant des traces de peinture. Cette tête, pleine d'expression et de sentiment mystique, portait une couronne disparue en partie. Travail français du xive siècle.

Haut., 36 cent.

47 — **Pierre**. — Groupe : la Vierge debout, vêtue de long, tient de ses deux mains l'Enfant Jésus non vêtu. Travail français du xvie siècle.

Haut., 1 m. 28 cent.

48 — Marbre rougeâtre de Vérone. — Deux colonnettes du xiv° siècle, à cannelures en spirale et rosaces sculptées en bas-relief. Les embases et les chapiteaux en marbre blanc ont été rapportés.

Hauteur totale, 1 m. 75 cent.

49 — Marbre blanc. — Partie supérieure d'un chapiteau sculpté à figures et parties monumentales. xiv° siècle.

Haut., 21 cent.; larg., 33 cent.

50 — Marbre blanc. — Bas-relief représentant la Vierge vue à mi-corps et l'Enfant Jésus entourés de chérubins. École de Donatello.

Haut., 1 mètre; larg., 69 cent.

51 — Pierre peinte. — Bas-relief représentant le sujet de la Crèche, et monté dans un triptyque en bois peint décoré de sujets tirés du Nouveau Testament. Allemagne. xvi° siècle.

Hauteur du bas-relief, 36 cent.; larg. 44 cent.
Hauteur totale, 32 cent.; larg., 79 cent.

52 — Pierre. — Tête de Vierge, grandeur nature, la tête ceinte d'une couronne incomplète. xiv° siècle.

Haut., 31 cent.

53 — Pierre. — Bas-relief carré offrant à son centre un écusson portant une tête de lion et un croissant, dans un cartouche carré encadré de têtes humaines et de groupes de fruits. xvi° siècle.

Haut., 63 cent.; larg., 46 cent.

54 — Stuc. — Tableau offrant en deux registres le sujet de la Présentation au peuple exécutée en haut-relief et rehaussée de peinture. Composition de vingt figures. Italie. Fin du xvi° siècle.

Hauteur, sans le cadre, 34 cent.; larg., 27 cent.

55 — Stuc. — Bas-relief représentant la Vierge assise et vue à mi-corps, tenant l'Enfant Jésus de ses deux mains. Ce groupe est placé sous un arceau à plein cintre et le tout est rehaussé de couleurs et de dorure. Italie. xvi° siècle.

Haut., 61 cent.; larg., 45 cent.

56 — Terre cuite. — Buste d'homme, grandeur nature, portant la coiffure des gens de qualité du xv° siècle.

Haut., 52 cent.

57 — Terre cuite. — Bas-relief incomplet : partie supérieure d'un ange debout. Italie. xvie siècle.

Haut., 20 cent; larg., 12 cent.

58 — Terre cuite. — Haut-relief : Amour à demi couché. École française du xviiie siècle.

Haut., 15 cent.; larg., 22 cent.

ARMURES ET PIÈCES D'ARMURES

59 — Bourguignotte à haute crête repoussée, à médaillon, figure de guerrier et chevaux marins se détachant sur un fond damasquiné d'or. L'avant du casque et le garde-nuque sont décorés de bandelettes ornées et de mascarons, le tout ciselé et conservant des traces de dorure. Travail milanais du xvie siècle.

60 — Joli cabasset en fer ciselé et gravé à figures, trophées d'armes et ornements et conservant des traces de dorure. Travail français du xvie siècle.

61 — Demi-armure composée du casque, de la cuirasse, des brassards avec spallières et du colletin, en fer gravé à bandes d'ornements, entrelacs et figures. xvie siècle.

62 — Dossière de même travail que l'armure qui précède.

63 — Salade vénitienne du xve siècle, à bombe unie et à arête médiane.

64 — Cabasset à bandes d'ornements et médaillons de personnages gravés et conservant des traces de dorure. xvie siècle.

65 — Morion à haute crête couvert d'ornements et de bustes gravés. xvie siècle.

66 — Autre morion à haute crête, couvert d'entrelacs, de figures et d'ornements gravés sur fond doré. xvie siècle.

67 — Cubitière en fer repoussé, à mascarons et rinceaux feuillagés conservant des traces de dorure. Cette pièce porte comme armoiries une roue surmontée de la couronne royale. xvie siècle.

68 — Pansière du xvie siècle, cloutée de cuivre.

69 — Belle selle du xvie siècle avec arçon et troussequin en fer, décorés de bandes gravées à ornements et trophées d'armes et portant des traces de dorure. Cette pièce a conservé sa garniture en velours ponceau brodé.

70 — Chanfrein à arête médiane surmontée d'un écusson orné d'une pointe. xvie siècle.

71 — Autre chanfrein du xvie siècle enrichi de bandes d'ornements gravés.

72 — Haubert en mailles rivées dont chacun des anneaux porte un dessin à torsade. xvie siècle.

ARMES DE JET

73 — Arbalète de forme élégante dont le bois est richement incrusté d'ornements en os gravé et porte un écusson armorié. La garniture en fer est finement travaillée. xvie siècle.

74 — Belle arbalète de rempart dont le bois est incrusté en fer gravé et dont le cranequin à poulies et les diverses garnitures sont en fer travaillé. xve siècle.

75 — Arbalète du xvie siècle avec filets incrustés d'ivoire et cranequin attenant à la pièce.

76 — Arbalète semblable à celle qui précède.

77 — Arbalète en bois d'ébène avec placage et incrustations d'os gravé. xvie siècle.

ARMES DIVERSES

78 — Très belle masse d'armes à ailerons, du xvie siècle, ayant formé pistolet, en fer forgé rehaussé de parties dorées. La tige a la forme d'une colonnette cannelée et chaque ailette présente un décor de ciselure très soigné. Cette pièce est analogue à celle du Musée d'artillerie ; la partie inférieure du manche a été copiée en cuivre doré sur celle du Musée.

79 — Hache d'armes en fer gravé, doré et découpé à jour, et formant pistolet à rouet. La hampe en bois noir est incrustée de filets d'ivoire. xvie siècle.

80 — Fer de hallebarde, portant au talon des ornements et des armoiries gravés conservant des traces de dorure. xvie siècle.

81 — Fer de hallebarde de petites dimensions, portant les armes de l'Empire gravées et conservant des traces de dorure.

82 — Fer de hallebarde analogue à celui qui précède, avec trophée d'armes et armoiries gravées et dorées.

83 — Fer d'esponton du temps de Louis XIII, portant des armoiries gravées.

84 — Fer de fauchard de forme très élégante et conservant des traces de dorure. xvie siècle.

85 — Marteau d'armes allemand, avec fer gravé et manche garni en velours et clouté de cuivre.

86 — Esponton d'officier décoré de rinceaux gravés, conservant des traces de dorure, avec hampe en bois noir. xviie siècle.

87 — Épieu de chasse avec manche adhérent cylindrique, garni de trois boules. xvie siècle.

88 — Masse d'armes à ailerons et manche à torsade. xvie siècle.

ÉPÉES

89 — Belle épée du xive siècle, à lame à double tranchant et à arête médiane sur chacune de ses faces. Les quillons sont droits et le pommeau circulaire offre sur chacune de ses faces une cavité centrale.

90 — Épée à large garde à double coquille découpée à jour. xvie siècle.

91 — Belle épée à triple garde, à quillons courbes en S et à pommeau couverts de riches incrustations d'argent ciselé à figures, rinceaux et branches de fruits en relief. Travail du xvie siècle.

92 — Autre belle épée à garde à double coquille découpée à jour, et à pommeau, quillons courbes en S et branches ciselés, gravés et entièrement dorés. Travail français du xvie siècle.

93 — Épée avec pommeau à pans et garde de forme très élégante, en fer finement ciselé et damasquiné d'or et d'argent. La lame présente une arête sur une de ses faces et une gouttière sur la face opposée. Travail français du xvie siècle.

94 — Belle rapière à corbeille à recouvrement composée de rinceaux et de fleurs ciselés et repercés à jour. Les quillons droits se terminent en torsades et la lame est quadrangulaire. Travail espagnol du xvie siècle. Collection Saint-Seine.

95 — Lame d'épée du xve siècle à double tranchant, portant comme marque la lettre S couronnée. Une poignée du xvie siècle, à triple garde et à pommeau ovoïde aplati, a été rapportée ultérieurement.

96 — Autre lame d'épée du xve siècle, à laquelle a été adaptée une poignée avec garde à double branche, quillons en S à spatules cannelées, et à pommeau à double coquille du xvie siècle.

97 — Épée à triple garde, quillons courbes en S et pommeau ovoïde, enrichie d'incrustations d'argent, et à lame longue dont le talon est également incrusté.

98 — Épée à pommeau ovoïde et garde à double branche et à quillons courbes en S. La lame porte un poinçon et une inscription. xvie siècle.

99 — Épée d'exécution à large lame portant une inscription allemande, ainsi que la date de 1471. Poignée en cuir, pommeau sphérique et quillons à pans.

100 — Épée à triple garde, pommeau ovoïde, quillons droits, et lame striée.

101 — Épée à coquille du xvie siècle, avec pommeau à pans et quillons recourbés en volutes vers la lame.

102 — Épée à longue lame, cannelée au talon et décorée d'ornements gravés, conservant des traces de dorure.

103 — Épée du xviᵉ siècle, à triple garde et à pommeau ovoïde côtelé.

104 — Épée Louis XIII à coquilles découpées et à garde, pommeau et quillons ciselés à feuilles. La lame gravée porte le portrait de Ferdinand d'Autriche.

105 — Épée de chevet du temps de Louis XIII, avec garde à coquille et quillons ornés.

106-107 — Deux épées wallones, avec garde-main uni, quillons à double enroulement et pommeau ovoïde à pans.

108 — Belle épée à lame à double tranchant. Le pommeau, en fer ciselé et damasquiné d'or, est décoré de rinceaux, autour desquels s'enroulent des serpents et des mascarons. La garde présente un décor analogue et les quillons se terminent par des têtes de dauphins. Travail milanais du xviᵉ siècle.

109 — Autre belle épée à pommeau et garde en fer ciselé, à mascarons têtes de satyres et feuillages découpés à jour. Le pommeau ovoïde est divisé en tranches, ornées chacune d'un mascaron. Travail français du xviᵉ siècle

110 — Épée claymore à garde découpée et pommeau à rosace en relief.

111 — Épée vénitienne forme claymore, du xviᵉ siècle et de belle conservation. Le pommeau en bronze est décoré de rosaces saillantes.

DAGUES

112 — Dague vénitienne du xviᵉ siècle, à manche à ailerons en corne, de forme orientale, avec lame et garniture du manche, rehaussées de dorure.

113 — Dague de même forme que celle qui précède, à manche garni en os gravé.

114 — Charmante dague du xviᵉ siècle, avec pommeau et garde incrustés de rinceaux d'argent. La lame, à nervures très régulières, offre un travail de repercé très soigné. La poignée, exécutée à l'aide d'un tissu métallique en argent, est du temps.

115 — Main gauche, à garde à recouvrement, ciselée, découpée à jour et enrichie d'un médaillon, buste d'empereur romain. Les quillons droits, à torsades, se terminent par des rosaces.

116 — Dague du xvie siècle, à lame quadrangulaire évidée, pommeau conique et à pans et quillons courbes se dirigeant vers la lame.

117 — Dague du xvie siècle, à pommeau à pans, quillons courbes dirigés vers la lame, large anneau médian tenant lieu de garde et lame quadrangulaire.

118 — Petite dague à lame quadrangulaire, pommeau à pans et garde à doubles quillons courbes.

119 — Dague à lame large, pommeau ovoïde à côtes et quillons courbes se terminant par des boules et se dirigeant vers la lame.

ARMES A FEU

120 — Deux très beaux pistolets à rouet, dont la monture à crosse sphérique est entièrement couverte de riches incrustations d'os gravé à entrelacs, figures de génies ailés, mascarons, fleurs, rinceaux, etc. Les canons et les batteries sont décorés d'ornements gravés et dorés et la date de 1577 est gravée sur les canons. Précieux travail allemand.

121 — Deux charmants petits pistolets à rouet, avec batteries, canons et garnitures en acier finement ciselé à figures, mascarons, trophées d'armes, corbeilles de fruits et rinceaux se détachant en relief sur fond d'or. Les montures sont incrustées de quelques ornements en fer gravé et découpé. Travail français du xvie siècle.

122 — Joli petit mousquet, dont la monture est entièrement couverte d'une riche incrustation d'ivoire et de nacre gravés à feuillages, cariatides et animaux fantastiques. Le canon ainsi que la batterie à rouet sont décorés de fines ciselures, de rinceaux, d'oiseaux fantastiques et d'ornements variés sur fond damasquiné en or. Beau travail français du xvie siècle.

123 — Autre joli mousquet à rouet, dont la monture est en bois d'ébène. Le canon à pans et la batterie ainsi que la sous-garde sont couverts de jolies arabesques damasquinées en or. Travail milanais du xvie siècle.

124 — Mousquet à double batterie à rouet et monture incrustée d'os gravé. Travail allemand du xvie siècle.

125 — Arquebuse à rouet, dont la monture est incrustée d'os gravé, à sujets de chasse et ornements. Le canon côtelé porte la date de 1593.

126 — Mousquet de rempart, avec crosse à volute en bois noir incrusté d'os gravé et batterie à rouet gravée. xvie siècle.

127 — Longue clef d'arquebuse formant amorçoir, en fer gravé et découpé. xvie siècle.

128 — Clef d'arquebuse, analogue à celle qui précède.

129 — Deux pistolets à rouet, de *Lazarino Cominazo*, avec montures incrustées de fer gravé et garnitures gravées et découpées à jour.

USTENSILES DIVERS

130 — Beau pulvérin en cuivre, décoré au pourtour d'ornements et d'entrelacs finement gravés et offrant sur sa face principale et en bas-relief un médaillon ovale décoré d'une figure de Minerve debout, flanqué de deux satyres tenant chacun une corne d'abondance. Au-dessus du médaillon est un écusson armorié portant un lion rampant et retenu par une tête de lion fantastique à l'aide de rubans. Travail français du xvie siècle.

131 — Joli pulvérin de forme ovale, en bois incrusté de fines incrustations d'ivoire blanc et d'ivoire teint en vert. Sa monture, composée de deux médaillons et d'une bande contournant son pourtour, est en fer finement ciselé, sur fond damasquiné d'or. Travail français du xvie siècle.

132 — Deux étriers en fer ciselé, couverts d'un riche décor composé de trophées d'armes, de rinceaux, de groupes de fruits et de mascarons grimaçants. xvie siècle.

133 — Deux éperons en fer taillé à rinceaux et conservant des traces de dorure. xvie siècle.

134 — Porte-épée en velours noir avec boucles et attache en acier poli. xvie siècle.

135 — Pulvérin de forme bursaire, en cuir gaufré à côtes et à bande d'ornements, garni en fer. Travail italien du xvıᵉ siècle.

136 — Pulvérin de forme curieuse, en corne gravée à figures, représentant les
sujets de l'Annonciation, de la Mise au tombeau, et portant les armes des
Urbini. xvıᵉ siècle.

137 — Canon de fusil ciselé au talon, à figures et ornements. xviıᵉ siècle.

138 — Pommeau d'épée formé d'une tête de négrillon en fer ciselé. xvıᵉ siècle.

139 — Petite trompe de fauconnier en cuivre, à anneaux décorés d'ornements
ciselés, accompagnée de son ceinturon et de deux cordes d'attache également en cuivre. Travail allemand du xvıᵉ siècle.

140 — Gourde de cavalier, garnie en cuir gaufré gravé à feuillages. xvıᵉ siècle.

141 — Corne d'appel sculptée à figure et animaux et portant les armes des
Médicis.

142 — Deux boucliers en bois, décorés en camaïeu d'or à l'intérieur et portant
des armoiries en couleur à l'extérieur. Italie. xvıᵉ siècle.

143 — Pulvérin en corne de cerf gravée, à sujets de chasse et autres.
xvıᵉ siècle.

144 — Autre pulvérin en corne gravée, à sujets de chasse. Même époque.

145 — Pommeau d'épée en fer damasquiné en or. xvıᵉ siècle.

146 — Porte-épée en cuir décoré de broderies métalliques et garni en fer
gravé. xvıᵉ siècle.

ARMES ORIENTALES

147 — Curieux poignard à large lame contournée et à manche d'ivoire uni
avec pommeau à pans. Travail indien (?).

148 — Petit couteau-yatagan à manche en cuivre ciselé et doré, de travail
vénitien (?) et rappelant par sa forme et par son travail les travaux arabes.

149 — Masse d'armes à ailerons en cuivre gravé et doré, décoré de médaillons d'oiseaux et de fleurs en relief. La partie médiane de la hampe est en bois sculpté à côtes en spirale. Travail oriental rappelant par son faire le travail vénitien.

150 — Fusil arabe avec monture incrustée de nacre, crosse garnie en morse, garnitures en argent et canon richement incrusté d'argent.

OBJETS EN FER

151 — Belle clef à canon triangulaire, chapiteau composite et tête à doubles cariatides ailées et accolées reliées par deux têtes de chérubin à sa partie supérieure et par un double mascaron à sa partie inférieure, le tout en fer ciselé d'une grande finesse d'exécution. Travail français du XVIᵉ siècle.

Long., 13 cent.

152 — Très belle grille composée d'enroulements élégants à compartiments et d'une bordure à rinceaux. Beau travail des premières années du XVIᵉ siècle. Cette pièce a été montée en guise d'écran en bois de chêne.

Hauteur, sans la monture, 97 cent.; larg., 77 cent.

153 — Deux chenets en fer forgé, à tiges doubles à torsades, sur pieds à rinceaux, et garnis de quatre boules en cuivre jaune. XVIᵉ siècle.

Haut., 95 cent.

154 — Cache-entrée de serrure de forme monumentale, à colonnettes corinthiennes et cintre orné d'une tête de chérubin.

Haut., 25 cent.

155 — Serrure entièrement couverte d'ornements et de cariatides gravés et enrichie d'ornements découpés à jour. XVIᵉ siècle.

Larg., 185 millim.

156 — Clef en fer à tête découpée en ogive et portant sur le champ une inscription latine en caractères gothiques.

157 — Pied de brasero en fer forgé à ornements découpés et à trois pieds à griffes de lion. Travail italien dans le goût du XVIᵉ siècle.

Haut., 80 cent.; larg., 55 cent.

158 — Flambeau de chapelle en fer forgé, à trépied composé de rinceaux et de fleurs. Cette pièce a été transformée en support.

Haut., 1 m. 31 cent.

159 — Marteau de porte en fer forgé et ciselé, formé d'une cariatide et d'une applique en fer gravé et découpé. Époque Louis XIII.

Haut., 17 cent.

ÉMAUX DE LIMOGES

160 — Beau triptyque, peint en émaux de couleur avec rehauts d'or et d'émaux saillants sur paillons imitant les pierres précieuses, et attribué à *Monvaerni*. Le tableau central représente le Christ dans sa gloire, au-dessus du Purgatoire ; à droite et à gauche, la Vierge et saint Jean agenouillés ; en haut et en bas quatre anges sonnent de la trompette. Le volet de droite représente l'Enfer et le volet gauche l'entrée du Paradis. Saint Pierre introduit les bienheureux dans le sanctuaire. Dans le haut, le Père Éternel entre deux anges ; au-dessous, trois anges musiciens.

Hauteur, sans la monture, 25 cent. ; largeur totale, 50 cent.

161 — Autre triptyque, peint en émaux de couleur avec rehauts d'or et d'émaux saillants imitant les pierres précieuses, attribué à *Nardon Péni-caud*. Le tableau central représente le sujet de la Mort de la Vierge et les deux volets le sujet de l'Annonciation.

Hauteur, sans la monture, 22 cent. ; largeur totale, 37 cent.

162 — Diptyque peint en émaux de couleur avec rehauts d'or et d'émaux saillants imitant les pierres précieuses, et attribué au même artiste. Le volet gauche représente le Portement de croix et le volet droit le Calvaire.

Hauteur de chaque volet, 22 cent. ; larg., 16 cent.

163 — Coffret oblong à couvercle en toit, composé de treize plaques dont douze décorées en grisaille, chairs teintées sur fond bleu avec rehauts d'or, représentent des jeux d'enfants et des bustes de femmes entourés d'orne-ments. La dernière plaque qui décore le dessus du couvercle présente un vase d'où s'échappent des rinceaux dans lesquels se jouent des génies. XVIᵉ siècle. La monture est en cuivre.

Haut., 12 cent. ; larg., 16 cent.

164 — Coffret oblong, composé de cinq belles plaques d'émail peintes en grisaille sur fond noir et sol teinté de vert, par *Pierre Raymond*. La plaque du couvercle représente le sujet du Repas d'Énée chez Didon et porte une inscription latine ainsi que les initiales de l'artiste. La plaque de face représente le Char de Vénus traîné par des colombes et accompagné d'amours, elle porte également une inscription ainsi que la date de 1540 et les initiales P. R. Les autres plaques sont décorées de sujets ayant trait à l'histoire d'Énée et de Didon et deux d'entre elles portent, en plus des inscriptions, le monogramme de l'artiste.

Haut., 11 cent.; larg., 18 cent.

165 — Baiser de paix de travail italien et des premières années du xvie siècle, peint en émaux de couleurs sur fond bleu. Au centre, le Christ à la colonne; à droite, personnage debout; à gauche, groupe de deux amoureux. Monture en cuivre.

Hauteur totale, 78 millim., larg., 60 millim.

166 — Plaque cintrée à sa partie supérieure et provenant d'un baiser de paix. Peinture en émaux de couleur. xvie siècle. Elle représente le sujet de la Tentation de saint Antoine.

Haut., 84 millim.; larg., 65 millim.

167 — Plaque rectangulaire en hauteur, peinte en grisaille, chairs très légèrement teintées avec rehauts d'or sur fond noir. xvie siècle. Elle représente le Christ en croix entre saint Jean et Madeleine. Une sainte femme est au pied de la croix.

Hauteur, sans le cadre en cuivre et émail, 20 cent.; larg., 15 cent.

168 — Plaque carrée, peinte en émaux de couleurs avec rehauts d'or. xvie siècle. Elle représente le sujet de l'Annonciation.

Haut., 140 millim.; larg., 125 millim.

169 — Plaque rectangulaire en hauteur, peinte en émaux de couleur avec rehauts d'or. xvie siècle. Elle représente le Calvaire.

Haut., 15 cent.; larg., 12 cent.

170 — Plaque de même forme, peinte en émaux de couleur avec rehauts d'or. xvie siècle. Elle représente le sujet de la Flagellation.

Haut., 160 millim.; larg., 125 millim.

171 — Plaque ovale et bombée, peinte en grisaille, chairs teintées sur fond noir, par *Jean III Pénicaud*. Elle représente la Vierge assise et vue à mi-corps, tenant l'Enfant Jésus nu sur ses genoux. Le petit saint Jean est à gauche du tableau.

Hauteur, sans le cadre, 130 millim.; larg., 115 millim.

172 — Plaque provenant de l'extrémité d'une châsse à toit en bâtière. Peinture en émaux de couleurs avec rehauts d'or. Premier quart du xvie siècle. Elle représente la Vierge vue à mi-corps et nimbée, tenant l'Enfant Jésus nu devant elle.

Haut., 113 millim.; larg., 66 millim.

173 — Plaque rectangulaire, peinture en grisaille sur fond noir, attribuée à *Pierre Raymond* et représentant un sujet de chasse : à droite, un cavalier nu montant un cheval au galop.

Haut., 90 millim.; larg., 115 millim.

174 — Plaque rectangulaire en hauteur, peinte en émaux de couleur et sur paillons avec rehauts de dorure, attribuée à *Jean Courtois*. Elle représente Orphée charmant les animaux de sa lyre.

Haut., 10 cent.; larg., 8 cent.

175 — Plaque rectangulaire en hauteur, peinte en émaux de couleur et sur paillons avec rehauts d'or, attribuée à *Jean Limousin*. Le Christ en croix entre saint Jean et Madeleine. Un écusson armorié est placé au pied de la croix.

Hauteur, sans le cadre en écaille, 9 cent.; larg., 7 cent.

176 — Deux petites plaques rondes, peintes en émaux de couleurs et attribuées à *Pierre Raymond*. L'une représente saint Paul debout et l'autre la décapitation d'un saint martyr.

Diam., 5 cent.

FAIENCES ET PORCELAINES

177 — FABRIQUE DE FAENZA. — Vase de forme sphérique, décoré d'un médaillon buste d'homme et fond couvert d'imbrications fleuronnées.

Haut., 31 cent.

178 — Même fabrique. — Vase de même forme, à médaillon buste de femme de profil à droite, sur fond bleu, et imbrications décorées de palmettes émaillées bleu et jaune.

Haut., 31 cent.

179 — Fabrique de Castel Durante. — Deux vases à panse ovoïde et col droit, à médaillons : Saintes Femmes debout, trophées d'armes en camaïeu, avec rehauts de jaune sur fond gros bleu et rinceaux émaillés jaune, bleu et vert sur fond bleu. Belle qualité. xvie siècle.

Haut., 33 et 34 cent.

180 — Fabrique de La Frata. — Plateau rond sur piédouche, à décor gravé en relief et émaillé jaune, vert et brun : Ange debout dans un paysage et s'appuyant sur un écu armorié.

Diam., 31 cent.

181 — Fabrique d'Urbino. — Grande buire à anse et goulot découpé, décorée d'un sujet biblique dans un paysage.

Haut., 41 cent.

182 — Fabrique italienne. — Deux vases à panse droite, à gorge et culot godronné et à anses formées de dauphins, en faïence, à décor d'ornements gaufrés en relief et émaillés bleu empois uni.

Haut., 30 cent.

183 — Fabrique de Marseille. — Trois seaux ou jardinières, variés de formes et de dimensions, décor polychrome à fleurs.

Haut., 15, 11 et 10 cent.

184 — Cache-pot cylindrique à deux anses formées de mascarons, en ancienne faïence de Moustiers, à décor bleu dans le goût de Bérain, à figure et ornements et portant les lettres M. G. enlacées.

Haut., 18 cent., diam., 21 cent.

185 — Porte-fleurs-applique, de forme cintrée et à côtes, en ancienne faïence de Moustiers, à anses à mascarons et décor d'ornements en camaïeu jaune, dans le goût de Bérain.

Haut., 14 cent.

186 — Porte-fleurs de forme analogue, en ancienne faïence de Varages, à décor de fleurs polychromes.

Haut., 14 cent.

187 — Deux vases en forme de potiche à pans, en ancienne porcelaine de Chine, décorés en émaux de la famille verte, à fleurs, rochers et ornements.

Haut., 54 cent.

188 — Canard en ancienne porcelaine blanche de Chine, sur rocher émaillé brun.

Haut., 28 cent.

VITRAUX ET VERRERIE

189 à 191 — Garniture de trois croisées, avec impostes, formant douze verrières composées de fragments de vitraux français du xvᵉ siècle, tels que : buste, figures d'anges, motifs d'architecture, etc.

Hauteur des panneaux, 1 m. 85 cent.; larg., 40 cent.
Hauteur des impostes, 90 cent.; larg., 40 cent.

192 — Deux peintures églomisées sur verre. L'une d'elles représente David vainqueur de Goliath, et l'autre, qui est fracturée, l'Adoration des Rois Mages. xvıᵉ siècle.

Haut., 35 et 38 cent.; larg., 29 et 33 cent.

193 — Plat rond et creux, à côtes en spirale au fond, en verre de Venise incolore, avec rosace centrale et couronne de feuillages dorés.

Diam., 34 cent.

194 — Coupe ronde sur piédouche, à côtes en spirale, en verre incolore, avec filets bleus au bord.

Haut., 165 millim.; diam., 28 cent.

BRONZES D'ART

195 — Avant d'un pied en bronze portant des traces de dorure et provenant d'une statue antique. Sur socle en porphyre rouge oriental.

Longueur du socle, 17 cent.

196 — Charmante petite statuette en bronze, patine brune. Enfant nu debout posant le pied sur une musette posée à terre. Base circulaire décorée d'ornements. Italie. Fin du xvᵉ siècle.

Hauteur, sans le socle, 20 cent.

197 — Statuette d'ange debout, vêtu de long et tenant un flambeau de ses deux mains. Bronze italien des premières années du xvie siècle, patine brune et conservant dans certaines parties des traces de dorure.

Haut., 31 cent.

198 — Belle statuette : Faune flûteur d'après l'antique. Bronze italien du xvie siècle, belle patine brune.

Haut., 46 cent.

199 — Christ en bronze, belle patine brune. Travail italien du xvie siècle.

Haut., 31 cent.

200 — Deux beaux chenets en bronze du xvie siècle, composés chacun d'une cariatide (homme et femme) s'échappant d'une gaine godronnée avec mascaron saillant et reposant sur une base composée de griffes de lion et d'un mascaron, tête de femme. Travail français.

Haut., 72 cent.

201 — Buste d'homme, grandeur nature. Bronze italien du xvie siècle. La partie supérieure de la tête est incomplète.

Hauteur, y compris le piédouche, 50 cent.

202 — Figurine équestre de personnage portant l'armure et la coiffure du xvie siècle. La selle porte des fleurs de lis gravées. Sur socle carré placé en losange et orné de moulures en bronze.

Haut., 26 cent.; largeur de la base, 14 cent.

203 — Écritoire formée d'une coupe sphérique et godronnée reposant sur trois cariatides ailées terminées par des feuilles et des enroulements. Bronze italien du xvie siècle.

Haut., 10 cent.; larg., 16 cent.

204 — Écritoire placée dans un coffret oblong en bronze, décoré de mufles de lions, de rinceaux, de palmettes et de cornes d'abondance, et reposant sur quatre griffes de lion. Italie. xvie siècle.

Haut., 9 cent.; long., 21 cent.; larg., 12 cent.

205 — Deux lions, assis sur une base à enroulements et paraissant avoir servi de pieds à un flambeau. Bronze. xiiie siècle.

Haut., 23 cent.

206 — Encrier carré à angles coupés reposant sur des lions couchés. Bronze italien du xviie siècle.

Haut., 11 cent.; larg., 13 cent.

MÉDAILLES ET PLAQUETTES

207 — Médaille en bronze : Buste de profil à gauche. SIGISMVNDVS PANDOLFVS MALATESTA · PAN · F. ꝶ. Un château fort. CASTELLVM · SISMVNDVM · ARIMINENSE M · CCCC · XLVI.

Diam., 80 millim.

208 — Médaille en bronze : Buste de profil à droite. IO · BENT · II · HANIB · FILIVS · EQVES · AC · COMES · PATRIAE · PRINCEPS · AC · LIBERTATIS · COLVMEN. ꝶ. Cavalier tenant un bâton de commandement, passant à gauche et suivi d'un guerrier armé d'une lance. OPVS SPERANDEI.

Diam., 92 millim.

209 — Revers de médaille en bronze : Deux centaures à droite et à gauche d'une colonne. Au-dessous, deux personnages tenant un enfant dans une cage.

Diam., 37 millim.

210 — Médaillon en bronze : Buste de profil à droite. COSMVS · II · MAGN · · DVX · ETRVRIAE · IIII.

Diam., 93 millim.

211 — Plaquette carrée en bronze : le Printemps et l'Été, figurés par deux femmes debout.

Haut., 10 cent.; larg., 9 cent.

212 — Plaquette en plomb : le Christ sortant du sépulcre, soutenu par saint Jean et la Madeleine.

Haut., 120 millim.; larg., 99 millim.

213 — Plaquette en bronze : le Christ mort, soutenu par saint Jean et Madeleine.

Haut., 71 millim.; larg., 53 millim.

214 — Plaquette ronde en bronze : Orphée charmant les animaux.

Diam., 105 millim.

215 — Plaquette en bronze : Victoire ailée et guerrier chargé de trophées, dans l'attitude de la course.

Haut., 71 millim.; larg., 55 millim.

216 — Plaquette en bronze : Buste du Christ, de profil à gauche, nimbé. Au-dessus de la tête, le Saint-Esprit entre le Soleil et la Lune. Dans le bas, les lettres initiales I.N.R.I.

Haut., 92 millim.; larg., 46 millim.

217 — Plaquette rectangulaire en hauteur en bronze : le Christ sortant du sépulcre entre saint Jean et Madeleine. Au-dessous du sujet, inscription latine et encadrement composé de dauphins, de palmettes et d'ornements.

Haut., 80 millim.; larg., 55 millim.

218 — Plaquette ronde en bronze, conservant des traces de dorure : la Vierge, nimbée, vue à mi-corps, tenant l'Enfant Jésus de ses deux mains. Travail dans le goût de Donatello.

Diam., 96 millim.

219 — Plaquette ovale en largeur : Bustes d'Antoine et de Cléopâtre en regard.

Haut., 62 millim.; larg., 49 millim.

220 — Plaquette ronde (enseigne de chapeau) en bronze : Bustes de Salomé et d'Hérode en regard.

Diam., 35 millim.

221 — Médaillon rond en bronze doré : Femme assise, vêtue de long, ayant un amour devant elle.

Diam., 72 millim.

222 — Plaquette ovale en bronze : Centaure passant à droite et portant un vase.

Haut., 49 millim.; larg., 40 millim.

BRONZES D'AMEUBLEMENT

223 — Grand lustre flamand en cuivre jaune, modèle à boules et à seize branches porte-lumières. XVIᵉ siècle.

Haut., 1 m. 18 cent.

224 — Deux flambeaux de jardin en cuivre gravé et argenté du temps de Louis XIV. Les verrines gravées sont de travail moderne.

Hauteur totale, 41 cent.

DINANDERIE ET CUIVRES OUVRÉS

225 — Deux statuettes d'anges ailés debout, en cuivre jaune. Ils sont vêtus d'une ample tunique serrée à la taille et chacun d'eux tient un flambeau de la main droite. Curieux travail de dinanderie au XIVe siècle.

Hauteur des figures, sans les socles en marbre, 52 cent.
Hauteur des figures avec les ailes, 78 cent.

226 — Curieuse lampe gothique en cuivre, de forme hexagone, à retombées formées de choux ciselés et à grilles découpées à jour et composées d'ornements en ogive.

Hauteur, y compris les chaînes, 1 m. 35 cent.

227 — Seau vénitien à anse mobile, en cuivre gravé, à rinceaux, fleurs et ornements et portant un écusson armorié. XVIe siècle.

Haut., 11 cent.; diam., 21 cent.

228 — Reliquaire du XVe siècle en cuivre doré avec nœud enrichi de rosaces champlevées et émaillées. Le lanternon hexagone, à couvercle en toit, est surmonté d'une croix.

Haut., 34 cent.

229 — Autre petit reliquaire cylindrique, avec monture en cuivre repoussé, doré et repercé à jour. XVIe siècle.

Haut., 23 cent.

230 — Plat rond de la fin du XVe siècle, en cuivre repoussé. Il offre au centre le sujet de l'Annonciation entouré d'une inscription latine en caractères gothiques.

Diam., 37 cent.

231 — Lampe chauffe-mains de forme sphérique, en cuivre gravé à entrelacs de style oriental et enrichie d'incrustations d'argent.

Diam., 9 cent.

232 — Grande jardinière ovale en cuivre rouge repoussé à côtes et ornements, reposant sur quatre griffes de lion. XVIe siècle.

Haut., 25 cent.; larg., 60 cent.

233 — Fontaine en forme de vase ovoïde en cuivre rouge battu, à godrons et fleurons en relief. Elle peut accompagner la jardinière qui précède. Même époque.

Haut., 54 cent.

234 — Jardinière ovale en cuivre rouge battu, à godrons et anses à volutes. Italie, XVIe siècle.

Haut., 19 cent.; larg., 27 cent.

235 — Croix professionnelle du XVe siècle, plaquée de cuivre gravé et doré, à figures et ornements, et offrant en relief les emblèmes des Évangélistes. Le nœud en cuivre doré est enrichi de six petits émaux sur argent.

Haut., 79 cent.

236 — Deux grands flambeaux à tige droite à triple nœud en cuivre gravé à fleurs, rinceaux et animaux. Travail du XVIe siècle.

Haut., 365 millim.

237 — Cavalier costumé à l'orientale, en cuivre doré, disposé pour remuer la tête et le bras, et provenant d'une pendule de la fin du XVIe siècle.

Haut., 29 cent.

CUIVRES D'ORIENT

238 — Coupe à panse sphérique, surmontée d'une gorge en cuivre rouge gravé à ornements et inscriptions. Travail persan ancien.

Haut., 16 cent.; diam., 22 cent.

239 — Bassin de même travail mais à décor d'un dessin plus large.

Haut., 11 cent.; diam., 25 cent.

240 — Plat rond et creux en cuivre jaune gravé à figures, inscriptions et ornements. Ancien travail persan.

Diam., 50 cent.

241 — Pied de flambeau en cuivre jaune gravé à ornements et inscriptions, et enrichi d'incrustations d'argent. Ancien travail persan.

Haut., 21 cent.; diamètre à la base, 32 cent.

242 — Pied de flambeau analogue à celui qui précède, mais sans incrustations. Ce pied a été transformé en bassin.

Haut., 13 cent.; diam., 31 cent.

243 — Vase à panse sphérique et col légèrement évasé, en cuivre gravé à rosaces et inscriptions. Travail persan.

Haut., 15 cent.

244 — Bassin de forme sphérique, en cuivre gravé à ornements et inscriptions. Travail persan.

Haut., 18 cent.; diam., 37 cent.

245 — Coupe hémisphérique en cuivre gravé à inscriptions et ornements; patine brune. Ancien travail persan.

Diam., 17 cent.

246 — Coupe analogue à celle qui précède.

Diam., 17 cent.

247 — Petit bassin conique en cuivre gravé à ornements et inscriptions. Travail persan ancien.

Haut., 7 cent.; diam., 17 cent.

248 — Brûle-parfums formé par un personnage monté sur un buffle. Ancien bronze chinois.

Haut., 15 cent.; larg., 18 cent.

249 — Petit brûle-parfums en bronze du Tonkin doré en partie, reposant sur trois pieds droits, et à médaillons de fleurs ciselées en relief.

Haut., 10 cent.; diam., 10 cent.

250 — Petit brûle-parfums chinois à panse sphérique, avec anses, pieds et couvercle formés de branchages et de fleurs. Travail ancien.

Haut., 10 cent.; diam., 14 cent.

251 — Brûle-parfums formé d'un coq debout. Ancien bronze chinois muni d'une patine verte.

Haut., 23 cent.; larg., 26 cent.

252 — Divinité bouddhique accroupie. Beau bronze chinois ancien, muni d'une belle patine brune.

Haut., 43 cent.

BIJOUX ET ORFÈVRERIE

253 — Bijou en or ciselé et émaillé blanc, formé d'une figurine d'Amour, dans l'attitude du vol. Il est suspendu à une attache garnie de deux chaînettes en or, avec perle baroque en entre-deux. xviie siècle.

Hauteur totale, 9 cent.

254 — La Flagellation. — Groupe de trois figurines en argent ciselé, la figurine du Christ dorée, appliquées sous un monument à colonnes, en bois d'ébène. Le Christ est attaché à une colonnette de verre vert, avec chapiteau et vase en argent ciselé. xvie siècle.

Hauteur du monument, 32 cent.; larg., 21 cent.

255 — Deux beaux flambeaux du temps de Louis XV, en argent ciselé, à tige octogonale, décorée de sequins, de coquilles et de feuilles. La base à contours est ornée d'oves et enrichie d'agrafes ciselées. Beau travail français.

Haut., 27 cent.

256 — Belle sucrière à saupoudrer, en forme de vase, en argent, à godrons en relief et ornements gravés. Le couvercle est décoré de rosaces découpées. Travail français du temps de la Régence.

Haut., 23 cent.

257 — Écuelle à deux anses plates, en argent repoussé et ciselé, à festons de fleurs et ornements rocaille. Le bouton du couvercle est formé d'un chou-fleur et de feuilles et elle est accompagnée d'un plateau à contours, décoré au marli de feuillages gravés. Époque Louis XV.

Diamètre de l'écuelle, 18 cent.
Diamètre du plateau, 26 cent.

258 — Petite cafetière du temps de Louis XV, en forme de vase à une anse, décorée d'ornements, de cannelures et d'ondes. Le bouton du couvercle est formé d'un motif de rocaille.

Haut., 14 cent.

259 — Cafetière en argent repoussé et ciselé, à côtes et ornements et portant des armoiries gravées. Elle repose sur trois pieds cintrés.

Haut., 21 cent.

260 — Joli sucrier du temps de Louis XV, en argent, à deux anses formées de branchages, à quatre pieds de biche et bouton du couvercle formé de trois fraises.

Haut., 13 cent.

261 — Bas-relief en argent repoussé. — *Pieta*. — Le Christ mort est étendu sur les genoux de sa mère. xviie siècle.

Haut., 183 millim.; larg., 130 millim.

262 — Soupière ovale en argent repoussé, à godrons, à tores de laurier ciselés, à deux anses et à griffes de lion formant pieds. Le couvercle est surmonté d'une figurine d'enfant nu, tenant un écusson. Travail italien du temps de Louis XVI.

Haut., 32 cent.; long., 33 cent.

263 — Plateau rond à contours en argent gravé à fleurs et feuillages et bord à moulures et ornements ciselés.

Diam., 30 cent.

264 — Deux seaux à rafraîchir, à deux anses, du temps de Louis XV, en cuivre argenté, à feuilles et ornements ciselés.

Haut., 22 cent.; diam., 19 cent.

265 — Chocolatière, à trois pieds de biche, en argent et à panse unie, portant un chiffre gravé, surmonté d'une couronne de comte. Époque Louis XVI.

Haut.. 23 cent.

266 — Plat creux, à soufflé, en argent avec moulures au bord supérieur et à deux anses à contours. Époque Louis XV.

Larg., 35 cent.

267 — Petit plat d'argent à bords festonnés et à godrons, portant au centre des armoiries gravées. Époque Louis XV.

Diam., 26 cent.

268 — Plateau rond à contours en argent, avec moulures au bord.

Diam., 31 cent.

269 — Deux belles cuillers du temps de Louis XV, en argent, à manches
ciselés à coquilles et feuillages. Le cuilleron de l'une d'elles est découpé
pour le sucre en poudre ; l'autre, destinée aux compotes, a son cuilleron
en forme de coquille.

Larg., 19 cent.

270 — Mouchettes et porte-mouchettes en argent finement gravé, à ornements dans le goût de Bérain. Époque de la Régence.

Longueur du plateau, 21 cent.

OBJETS VARIÉS

271 — Très beau pupitre pliant, en bronze doré, décoré au pourtour de frises
découpées à jour, représentant en bas-relief un médaillon, buste d'homme,
flanqué de chevaux marins montés par des enfants, de figures d'hommes et
de rosaces. Le support est formé de cariatides, s'échappant de gaines à
volutes, dominées par une frise découpée, décorée de cariatides et de rinceaux et servant de base à un fronton composé de deux figures d'hommes
à demi couchés et d'une figurine d'enfant debout. Les angles inférieurs
sont ornés de mascarons surmontés d'enroulements et formant pieds.
Beau travail du xvie siècle.

Long. et larg., 35 cent.

272 — Jolie boîte ronde en cuir gaufré, décorée sur le dessus de deux génies
ailés, soutenant un écusson dans une couronne de laurier. Au pourtour,
rinceaux et verset latin en caractères gothiques. Italie. xve siècle. Belle
conservation.

Haut., 55 millim. ; diam., 95 millim.

273 — Médaillon rond en cuivre gravé et doré, avec encadrement à torsades.
Il offre sur une de ses faces la Vierge vue à mi-corps, tenant l'Enfant
Jésus de ses deux mains. Ce sujet est entouré d'un verset latin en carac-
tères gothiques : *Salve regina misericordiæ vita dulcedo, etc.* Au revers,
une fleur de lis, exécutée à l'aide de lignes ogivales, sur un fond découpé.
Au pourtour, autre verset latin. xve siècle.

Diam., 55 millim.

274 — Pyxide surmontée d'une croix, en cuivre champlevé et émaillé, à fond
bleu et décoré d'un médaillon, portant les initiales du Christ et des
fleurons. Limoges. xiiie siècle.

Haut., 10 cent. ; diam., 7 cent.

275 — Mosaïque représentant un buste d'homme barbu, tirant de l'arc. Travail du vᵉ siècle.

Hauteur, sans le cadre à moulures en bois noir, 43 cent.; larg., 65 cent.

276 — Médaillon ovale en argent doré, offrant sur chacune de ses faces un nielle sur argent, représentant l'un, le Portement de croix, et l'autre, le sujet de la Résurrection. xvıᵉ siècle.

Haut., 62 millim.; larg., 45 millim.

277 — Statuette-applique de saint personnage debout, en cuivre doré. Travail du xıııᵉ siècle.

Haut., 14 cent.

278 — Statuette-applique en bronze : Saint Louis assis. xvᵉ siècle.

Haut., 6 cent.

279 — Figurine de saint personnage, en cuivre rouge doré. Il est debout et porte un livre de la main gauche. xıvᵉ siècle.

Haut., 7 cent

280 — Ceinture gothique en cuivre découpé à jour.

281 — Groupe-applique en plomb : la Vierge debout, coiffée de la tiare et vêtue d'une robe fleurdelisée. Elle porte l'Enfant Jésus sur son bras gauche. xvıᵉ siècle.

Haut., 15 cent.

282 — Crucifix en argent, sur croix en ébène et base en cuivre doré, contenant une horloge. xvıᵉ siècle.

Hauteur totale, 27 cent.

283 — Figurine de sainte femme debout, en corail. xvᵉ siècle.

Haut., 67 millim.

284 — Belle coupe ronde à lobes, en jade verdâtre, à feuilles gravées en relief et à anses en forme de fleurs prises dans la masse. Elle est évidée d'épaisseur et d'une grande légèreté. Ancien travail chinois.

Haut., 7 cent.; diam., 17 cent.

285 — Coupe en forme de coquille, en cristal de roche gravé, sur piédouche de même matière, taillé à cannelures et ornements et relié à la pièce par deux petites pièces en cristal de roche, dont une découpée.

Haut., 20 cent.

286 — Coffret vénitien du xive siècle, de forme oblongue et à couvercle légèrement bombé. Il est couvert d'un décor en stuc en bas-relief, rehaussé de dorure et composé de figures, de monuments et d'ornements.

Haut., 19 cent.; larg., 28 cent.

287 — Coffret arabe de forme oblongue, plaqué d'ivoire et couvert d'un décor d'or à rosaces, oiseaux, lions, inscriptions et ornements variés. xive siècle ?).

Haut., 12 cent.; larg., 34 cent.

288 — Vase à panse sphérique surbaissée, à culot godronné sur piédouche et à ouverture large, en émail de Venise à fond bleu, vert et blanc, décoré d'ornements dorés. xvie siècle.

Haut., 15 cent.; diam., 14 cent.

289 — Petite horloge carrée en cuivre gravé et doré, décorée de mascarons et d'ornements et à dessus bombé et découpé. xvie siècle.

Haut., 16 cent.

290 — Statuette de femme à demi couchée, en cuivre doré. Travail de la fin du xvie siècle.

Haut., 9 cent.; larg., 19 cent.

291 — Deux lions couchés en cuivre gravé et doré du xvie siècle, ayant formé pieds de meuble.

Larg., 13 cent.

292 — Croix en argent gravé à médaillons bustes de saints personnages sur fond émaillé. Elle porte une inscription latine, au pourtour des branches transversales. xive siècle.

Haut., 83 millim.

293 — Petite trousse en cuir contenant une paire de ciseaux forme pince, en acier et nacre, et un couteau et un poinçon à manches formés de cariatides de sirènes couronnées en cuivre doré. xvie siècle.

Longueur totale, 122 millim.

294 — Coffret oblong à couvercle légèrement bombé, couvert en velours grenat avec galons d'argent et garni en argent finement gravé. Époque Louis XIII.

Haut., 18 cent.; larg., 28 cent.

295 — Coffret oblong à couvercle en toit couvert en maroquin doré au fer. XVIᵉ siècle.

Haut., 15 cent.; larg., 24 cent.

296 — Coffret oblong à couvercle bombé, en peau blanche, couvert de broderies d'argent. XVIᵉ siècle.

Haut., 17 cent.; long., 25 cent.

297 à 299 — Cinq reliures diverses des XVIᵉ et XVIIᵉ siècles, contenant des diplômes, un Traité des couleurs imprimé à Venise en 1565, etc.

MATIÈRES DURES

300 — PORPHYRE ROUGE ORIENTAL. — Mortier à deux anses en S prises dans la masse.

Haut., 14 cent.

301 — PORPHYRE ROUGE ORIENTAL. — Mortier analogue à celui qui précède mais sans anses.

Haut., 14 cent.

302 — PORPHYRE ROUGE ORIENTAL. — Petit mortier, à moulure au bord supérieur.

Haut., 14 cent.

303 — PORPHYRE ROUGE ORIENTAL. — Petit mortier analogue à celui qui précède.

Haut., 10 cent.

304 — PORPHYRE ROUGE ORIENTAL. — Petit mortier de forme analogue.

Haut., 11 cent.

MEUBLES EN BOIS SCULPTÉ

3o5 — Très beau meuble Renaissance à deux corps et à fronton découpé, en bois de noyer sculpté, enrichi de plaques de marbre. Le corps inférieur a deux portes décorées des figures allégoriques debout de l'Eau et du Feu, surmontées de deux tiroirs décorés de rinceaux élégants et de mufles de lion. Le corps supérieur, dont les angles sont ornés de colonnes engagées, présente deux portes offrant les figures allégoriques debout de la Terre et de l'Air qui complètent, avec celles des portes du corps inférieur, la suite des quatre éléments. Au-dessous des figures du corps supérieur sont deux enfants nus, couchés sur des tertres ornés de fleurs. La frise supérieure offre un mascaron ailé vu de face et le fronton présente à son centre une figure de Victoire debout entourée d'attributs guerriers, et sur les côtés deux figures d'abondance à demi couchées. Ce meuble, muni d'une patine brune, est remarquable par l'élégance de ses proportions et le fini apporté à son exécution.

Haut., 2 m. 26 cent.; larg., 1 m. 20 cent.

3o6 — Beau bahut en bois de noyer sculpté. Sa face présente un panneau décoré d'un vase d'où s'échappent des rinceaux élégants, terminés par des têtes de mulet, et sur lesquels dansent deux enfants musiciens. Chacune des faces latérales est occupée par un buste de profil circonscrit dans un médaillon circulaire et les angles sont garnis de colonnettes à balustre et engagées. Travail français de la première moitié du xvie siècle.

Haut., 73 cent.; larg., 1 m. 32 cent.

3o7 — Bahut en bois de noyer, dont la face sculptée en bas-relief offre un décor de rinceaux, de mascarons et de dragons chimériques. Travail français du xvie siècle. Les côtés ont été refaits.

Haut., 78 cent.; long., 1 m. 52 cent.; larg., 75 cent.

3o8 — Crédence du temps de Louis XII, en bois de chêne, avec portes ornées de bustes en relief et offrant sur le montant d'entre-deux et les tiroirs des lettres enlacées.

Haut., 1 m. 33 cent.; larg., 1 m. 5 cent.

3o9 — Petit bahut en bois sculpté, décoré sur sa face de trois panneaux à rinceaux feuillagés, têtes de chérubins et autres ornements en bas-relief. Les côtés sont ornés de plis. Travail français. xvie siècle.

Haut., 67 cent.; larg., 1 m. 10 cent.

310 — Meuble-crédence du temps de Henri IV, à portes et panneaux sculptés et support formé de colonnes tournées.

Haut., 1 m. 42 cent.; larg., 1 m. 63 cent.

311 — Grand bahut, dont la façade sculptée en bas-relief est de l'époque Louis XII et représente sept personnages debout séparés par des pilastres ornés sur lesquels reposent des anges debout qui soutiennent des draperies formant dais.

Haut., 90 cent.; larg., 1 m. 66 cent.

312 — Très beau soufflet en bois de noyer sculpté, offrant en bas-relief le sujet de la Charité, placé entre deux cariatides et surmonté d'enroulements, de guirlandes de fruits et d'une cariatide de génie servant de manche. Le canon est en bronze ciselé. Travail français du xvıe siècle. Collection Sol-tykoff.

Haut., 74 cent.; larg., 35 cent.

313 — Autre beau soufflet en bois sculpté et peint, représentant un chevalier blessé soigné par sa dame et ses serviteurs. Mêmes travail et époque.

Haut., 86 cent.; larg., 35 cent.

314 — Partie supérieure d'une crédence Louis XII, en bois sculpté, dont les portes sont décorées de bustes de profil et en regard, sculptés en bas-relief. Cette pièce a été transformée en dressoir à l'aide de tablettes supportées par trois colonnettes sculptées.

Hauteur totale, 1 m. 86 cent.; larg., 41 cent.

315 — Crédence Renaissance, en bois de noyer sculpté, à portes décorées de figurines debout, d'animaux fantastiques ailés et de mascarons. Ses pieds en éventail sont décorés de mascarons, de feuilles et d'enroulements, et elle est surmontée d'un dressoir orné de deux colonnettes à cannelures et godrons. Ce meuble a subi des réparations.

Hauteur totale, 1 m. 92 cent.; larg., 1 m. 20 cent.

316 — Crédence du temps de Louis XII, à angles coupés, en bois de chêne sculpté, décorée de médaillons bustes de femmes et de guerriers encadrés de rinceaux ornés. Elle ferme à deux portes avec tiroirs au-dessous et elle est surmontée d'un dressoir dont le fond se compose de cinq panneaux offrant un décor analogue à celui du meuble.

Hauteur totale, 2 m. 18 cent.; larg., 1 m. 50 cent.

317 — Très grand meuble en bois de noyer sculpté, à rosaces et ornements, et enrichi, à sa partie supérieure, de colonnes cannelées engagées. Il ferme à six portes et à quatre tiroirs. Travail de la fin du xvie siècle.

Haut., 2 m. 12 cent.; larg., 2 mètres.

318 — Bahut ou coffre de mariage, en bois sculpté à figures de génies et rinceaux, et décoré aux angles de cariatides. Travail italien du xvie siècle.

Haut., 67 cent.; larg., 1 m. 74 cent.

TABLES EN BOIS SCULPTÉ

319 — Jolie table en bois de noyer, à piliers composés chacun de deux colonnes reliées par une tête de chérubin et complété par des consoles à enroulements formant éventail. L'entre-deux, avec traverses transversales, est orné de cinq colonnes d'ordre toscan. Cette table, d'une belle ordonnance architecturale, date du xvie siècle. La tablette du dessus seule a été refaite.

Long., 1 m. 39 cent.; larg., 74 cent.

320 — Table italienne en bois de noyer, provenant d'une sacristie, avec pieds ornés de cariatides ailées, reliés par une tablette d'entrejambes. Travail de la fin du xvie siècle.

Long., 1 m. 79 cent.; larg., 1 mètre.

321 — Table Renaissance à rallonges, en bois de noyer, supportée par sept colonnes à balustres et à chapiteaux en bois de noyer. Le dessus a été refait.

Long., 1 m. 47 cent.; larg., 73 cent.

322 — Table Renaissance à rallonges, en bois de chêne, supportée par cinq colonnes dont celles placées à ses extrémités sont flanquées, à leur partie supérieure, d'ornements sculptés qui ont été rapportés. Les angles du bandeau sont garnis de retombées tournées.

Long., 1 m. 25 cent.; larg., 77 cent.

323 — Curieux guéridon de forme octogone, sur pied à consoles en bois sculpté. Le dessus présente à son centre le buste de l'Arioste, de profil à gauche, ainsi que quelques ornements, figurines de génies ailés et les armoiries de la maison d'Este, sculptés en bas-relief. Ce meuble, qui date des premières années du xvie siècle, provient de la maison de Ferrare.

Diam., 1 m. 12 cent.

324 — Curieuse table du xvi⁰ siècle, à pieds formés de colonnes tournées reliées par une traverse à moulures et à dessus pliant.

Larg., 1 m. 14 cent.

325 — Table du temps de Louis XIII, sur pieds et à entrejambes en bois tourné.

Larg., 1 mètre.

MEUBLES DIVERS

326 — Petit cabinet à quatre rangs de tiroirs, couvert de jolies incrustations de bois de couleur, d'ivoire, d'étain et de cuivre. Travail indien.

Haut., 315 millim.; larg., 460 millim.

327 — Cadre de forme monumentale, en bois sculpté et doré, flanqué à droite et à gauche d'arceaux découpés. xviiᵉ siècle.

Haut., 54 cent.; larg., 49 cent.

328 — Deux petites consoles du temps de Louis XIV, en bois sculpté et peint. Chacune d'elles présente sur sa face un support à volute.

Haut., 43 cent.

329 — Deux dessus de guéridons de forme circulaire, en marbre grand antique noir veiné de blanc.

Diam., 69 cent.

330 — Deux vitrines en largeur avec montures en fer. La face principale est divisée en trois travées garnies, ainsi que les côtés, de glaces. Elles sont garnies de velours grenat.

Haut., 92 cent.; larg., 1 m. 40 cent.; prof., 31 cent.

MIROIRS

331 — Miroir de toilette de forme contournée, à biseaux, avec cadre en marqueterie d'écaille rouge et cuivre. Époque Louis XIV.

Haut., 54 cent.; larg., 44 cent.

332 — Petite glace à fronton avec encadrement de glace biscautée et moulures en bois sculpté à ornements, coquilles et palmettes. Travail français du temps de Louis XIV.

Haut., 1 m. 45 cent.; larg., 75 cent.

333 — Miroir Louis XIII, avec large cadre en bois noir et à moulures guillochées.

Haut., 98 cent., larg., 84 cent.

PANNEAUX EN BOIS SCULPTÉ

334 — Deux jolis panneaux en bois de noyer sculpté en bas-relief. Chacun d'eux présente une tête casquée de profil se détachant sur un cartouche découpé et entouré de feuillages. Travail français du xvie siècle.

Haut., 44 cent.; larg., 35 cent.

335 — Curieuse porte gothique en bois de chêne, encadrée de son chambranle à colonnettes surmontées d'animaux fantastiques. La porte est divisée en quatre compartiments dont deux sont décorés de figures d'enfants nus debout, sculptées en bas-relief. Les deux autres portaient des armoiries qui ont disparu. Cette pièce offre dans son milieu une colonnette analogue à celle du chambranle.

Haut., 2 mètres; larg., 1 m. 8 cent.

336 — Dossier de stalle en bois de noyer sculpté en bas-relief, simulant une façade de monument à niches à coquilles, candélabres et pilastres ornés. Travail français du xvie siècle.

Haut., 1 m. 64 cent.; larg., 65 cent.

337 — Panneau en hauteur en bois sculpté en bas-relief, à trophées d'armes, rinceaux et têtes chimériques. xvie siècle.

Haut., 1 m. 80 cent.; larg., 23 cent.

338 — Petit panneau carré en bois de noyer, offrant en haut-relief une figure de saint Jérôme en prière, circonscrite dans un médaillon circulaire. xvie siècle.

Haut., 27 cent.; larg., 27 cent.

339 — Deux portes de crédence, sculptées en bas-relief et décorées chacune d'un cartouche au centre duquel est une tête de chérubin. xvie siècle.

Haut., 40 cent.; larg., 39 cent.

340 — Montant formé d'un pilastre décoré d'un candélabre sculpté en bas-relief et surmonté d'un chapiteau d'ordre composite. XVIᵉ siècle.

Haut., 70 cent.; larg., 12 cent.

341 — Deux panneaux en largeur en bois de chêne sculpté en bas-relief à rinceaux feuillagés et têtes fantastiques. XVIᵉ siècle.

Haut., 165 millim.; larg., 38 cent.

342 — Deux panneaux de même travail mais en hauteur.

Haut., 27 cent.; larg., 16 cent.

343 — Beau panneau en chêne sculpté en bas-relief, décoré de cariatides de génies, de dauphins, de têtes de chérubins et de rinceaux. XVIᵉ siècle.

Haut., 27 cent.; larg., 2 m. 3 cent.

344 — Petit panneau carré en bois de chêne, offrant à son centre une tête de guerrier en ronde bosse dans une couronne de fruits entourée de rinceaux terminés par des mascarons en bas-relief. XVIᵉ siècle.

Haut., 285 millim.; larg., 265 millim.

345 — Deux panneaux en largeur sculptés en bas-relief et offrant au centre dans un médaillon circulaire une tête de profil (femme et guerrier), flanqués d'enroulements terminés par des têtes humaines. XVIᵉ siècle.

Long., 39 cent.; larg., 19 cent.

346 — Panneau carré en bois de chêne sculpté en bas-relief. Il offre à son centre une figure d'amour encadrée d'ornements, d'oiseaux fantastiques sans têtes et d'un mascaron tête de femme. XVIᵉ siècle.

Haut., 34 cent.; larg., 34 cent.

SIÈGES

347 — Très belle stalle en chêne sculpté à rinceaux feuillagés, bustes, cariatides et ornements en bas-relief. Elle provient d'un château situé près de la Chaise-Dieu. Travail d'Auvergne du XVIᵉ siècle.

Haut., 2 mètres; larg., 64 cent.

348 — Deux beaux escabeaux dont les dossiers sculptés en bas-relief sont décorés de cariatides, d'enroulements et d'armoiries fleurdelisées. Travail français du XVIe siècle.

Haut., 94 cent.

349 — Caqueteuse à dossier sculpté et à pieds tournés. XVIe siècle.

350 — Autre caqueteuse en bois de noyer, avec dossier à arceau découpé et ornements sculptés. XVIe siècle.

351 — Siège à X pliant, en bois de noyer. XVIe siècle.

352 — Siège analogue à celui qui précède.

353 — Six grands fauteuils à pieds droits carrés, reliés par une traverse sculptée à armoiries, animaux et rinceaux et à montants ornés de têtes de femmes. Ils sont couverts en velours grenat avec galons et franges à grille. Les bras portent les armes de l'Empire sculptées en relief. Italie, fin du XVIe siècle.

Haut., 1 m. 37 cent.; larg., 62 cent.

354 — Cinq grandes chaises à pieds tournés et montants surmontés d'ornements sculptés, couvertes de beau velours grenat, avec clous en forme d'olive en cuivre.

Haut., 1 m. 11 cent.

355 — Trois fauteuils Louis XIII, en bois de noyer, avec montants, pieds et traverses à torsades et bras sculptés. Ils sont couverts en velours de Gênes ponceau à riche dessin.

Haut., 1 m. 8 cent.

356 — Deux grands fauteuils Louis XIV, en bois sculpté, avec pieds reliés par un entrejambes à X. Ils sont couverts de velours semblable à celui des trois sièges qui précèdent.

Haut., 1 m. 12 cent.

357 — Deux chaises de même travail que les fauteuils qui précèdent et couvertes de velours analogue.

Haut., 1 m. 2 cent.

358 — Six tabourets de pieds, couverts en velours grenat et garnis d'un large galon et d'une belle frange à grille.

Larg., 44 cent.

35g — Curieux banc à huit pieds tournés en bois de noyer, du xvie siècle.

Haut., 51 cent.; larg., 1 m. 35 cent.

360 — Canapé à joues, couvert à l'intérieur de velours de Venise à rinceaux feuillagés ponceau sur fond jaune lamé d'or et garni de damas ponceau à l'extérieur, ainsi que d'une belle frange à grille.

Haut., 1 m. 14 cent.; larg., 1 m. 45 cent.

361 — Grand fauteuil Louis XIII, en bois sculpté, à coquilles, feuillages et montants à torsades.

Haut., 1 m. 20 cent.

362 — Banquette du temps de la Régence, à huit pieds et entrejambes à X, en bois de noyer sculpté et foncée en canne.

Long., 2 mètres; larg., 68 cent.

363 — Deux fauteuils Louis XV, en bois de noyer sculpté à fleurs et foncés en canne.

Haut., 95 cent.

364 — Grand fauteuil à oreilles, du temps de Louis XV, en bois de noyer sculpté à moulures et fleurs.

365 — Deux fauteuils Louis XV en bois de noyer sculpté, couverts, l'un en velours frappé de Gênes et l'autre en velours de Gênes de même nuance, à dessin de fleurs et bandes ornées.

Haut., 91 cent.

366 — Fauteuil Louis XV en bois sculpté à fleurs, couvert en velours de Gênes à dessin de fleurs et ornements grenat sur fond jaune paille.

Haut., 96 cent.

367 — Grand fauteuil Régence à oreilles, en bois sculpté, couvert de brocatelle de soie à fleurs et attributs polychromes sur fond vert.

Haut., 1 m. 3 cent.

368 — Tabouret de style Louis XIV en bois de noyer sculpté, couvert en velours de Gênes ponceau à médaillons de fleurettes et fond à feuillages.

Larg., 60 cent.

369 — Deux fauteuils du temps de Louis XV, en bois sculpté à fleurs et foncés en canne.

Haut., 93 cent.

TAPISSERIES

370 — Magnifique tapisserie des premières années du xvie siècle, représentant Ambroise de Ravennes offrant un fruit à l'Enfant Jésus debout sur les genoux de sa mère. Le groupe principal est surmonté par trois anges musiciens debout et entouré par deux groupes d'assistants. Toutes les figures sont vêtues de riches costumes, et celles du centre ont leurs vêtements rehaussés de parties tissées en or de la plus grande richesse. Cette tapisserie, dont la conservation est remarquable, est encadrée d'une bordure d'églantines et de rubans sur fond bleu. Elle fut recueillie dans la maison de Ravennes, à Ravennes, d'où elle n'était jamais sortie.

Haut., 3 m. 22 cent.; larg., 3 m. 5 cent.

371 à 374 — Suite de quatre belles tapisseries Renaissance représentant des scènes tirées de l'histoire de Psyché et de l'Amour exécutées d'après des cartons de Perino del Vaga, avec riches et larges bordures composées de motifs d'architecture, de figures allégoriques, de vases de fleurs et de fruits, ainsi que d'oiseaux et animaux divers. Ces bordures ont été refaites en partie. Ces tapisseries remarquables proviennent du Palais Feretti, à Gênes.

Haut., 3 m. 70 cent. et 3 m. 75 cent.; larg., 2 m. 90 cent. et 3 m. 10 cent.

375 à 378 — Quatre dessus de portes provenant de la même suite que les tapisseries qui précèdent et représentant également des sujets tirés de l'histoire de Psyché. L'un d'eux a été élargi à l'aide de deux bandes qui sont, ainsi que les bordures étroites, de fabrication récente.

Haut., 1 m. 75 cent. et 1 m. 77 cent.; larg., 1 m. 16 cent. et 1 m. 28 cent.

379 à 382 — Suite de quatre beaux panneaux gothiques représentant une série des Sibylles, avec inscriptions latines, sur un fond couvert d'arbustes, de fleurs, d'animaux et d'oiseaux, le tout en couleur et d'une grande harmonie de tons. Les bordures, dont parties ont été refaites, sont composées de branches de fleurs et de rubans.

Haut., 3 m. 27 cent. environ; larg., 3 m. 20 cent., 1 m. 70 cent. et 1 m. 44 cent.

383 — Tapisserie Renaissance représentant une figure allégorique de la Paix. Au-dessus de la figure principale sont des armoiries surmontées d'un bonnet d'évêque, ainsi qu'un cartouche portant une inscription latine. Dans le bas est un tronc d'arbre auquel un bouclier portant une tête de Méduse est appendu. Elle est encadrée de deux côtés par une bordure décorée de chardons, de cœurs couronnés et de banderoles portant l'inscription : *Svb sole svb vbra virens.*

Haut., 2 m. 57 cent.; larg., 1 m. 50 cent.

384 — Tapisserie gothique représentant diverses scènes tirées de l'histoire d'Hercule. Ces sujets se détachent sur un fond de paysage fleuri avec vue d'enceinte fortifiée à la partie supérieure.

Haut., 3 m. 43 cent. ; larg., 3 m. 4 cent.

385 — Très grande tapisserie Renaissance représentant le Déluge; composition d'un grand nombre de figures. Dans le fond, au milieu des eaux, l'arche de Noé. La bordure qui encadre cette tapisserie, dans le haut et sur les côtés, est décorée d'oiseaux dans des paysages.

Haut., 3 m. 47 cent.; larg., 7 m. 70 cent.

386 — Tapisserie décorée de larges feuilles de nénuphar, de fleurs et d'oiseaux. Italie. XVIIᵉ siècle.

Haut., 2 m. 57 cent.; larg., 3 m. 70 cent.

387 — Tapisserie provenant de la même suite que celle qui précède. Elle a été montée sur un paravent à trois feuilles.

Haut., 2 m. 48 cent.; larg., 2 m. 85 cent.

388 — Grande tapisserie Renaissance à sujet de chasse au cerf, avec figures de cavaliers et autres. Dans le bas, une longue inscription en vieux français et en caractères gothiques sur fond rouge.

Haut., 2 m. 18 cent.; larg., 4 m. 58 cent.

389 — Autre tapisserie Renaissance représentant le char de la Nuit traîné par des cerfs et entouré de figures de femmes.

Haut., 1 m. 71 cent.; larg., 4 m. 60 cent.

390 — Petit panneau de tapisserie des premières années du XVIᵉ siècle, à fond bleu, représentant deux génies debout soutenant les armes de la Chaise-

Dieu et entourés de fleurs. Dans le haut, deux autres génies, assis sur des guirlandes de feuillages, tiennent des cordons de perles. Cette frise est à fond rouge et à fond bleu. On lit sur une banderole : *in eternvm.*

Haut., 1 m. 46 cent.; larg., 1 m. 82 cent.

391 — Panneau de tapisserie Renaissance en largeur, représentant un groupe d'anges en adoration devant la Vierge.

Haut., 1 m. 4 cent.; larg., 1 m. 84 cent.

392 — Jolie bande de tapisserie Renaissance représentant trois femmes de qualité en adoration devant la Vierge. Deux suivantes de cette dernière sont assises derrière le groupe principal.

Haut., 51.cent.; long., 2 mètres.

TAPIS

393 — Ancien tapis d'Orient, à dessin polychrome sur fond ponceau et bordure de même nuance rehaussée de rosaces polychromes.

Long., 3 m. 45 cent.; larg., 2 m. 75 cent.

394 — Grand tapis persan à rameaux fleuris, à fond bleu et bordure à fond rouge entre deux bandes blanches ornées.

Long., 4 m. 92 cent.; larg., 2 m. 14 cent.

395 — Grand tapis persan à fleurs, sur fond bleu et bordure amarante, également à fleurs.

Long., 5 m. 30 cent.; larg., 2 m. 5 cent.

396 à 398 — Trois tapis persans anciens à dessins variés.

BRODERIES

399 — Joli bandeau en tapisserie au petit point du XVIᵉ siecle, décoré de six compartiments carrés renfermant des paysages dans lesquels se développe l'histoire de la Vierge; les encadrements, d'une grande finesse d'exécution se composent de sujets de chasse et de fleurs.

Haut., 40 cent.; larg., 1 m. 98 cent.

400 — Deux belles bandes provenant d'une dalmatique du xvie siècle, et composées chacune de trois figures de saints personnages sous des monuments à plein cintre, brodés en soie de couleur et or, d'une belle conservation.

Haut., 1 m. 34 cent.; larg., 22 cent.

401 — Deux bandes et un collet de même travail que celles qui précèdent.

402 — Petite bande de toile blanche, brodée en soie ponceau et représentant diverses scènes tirées de l'histoire de Judith et Holopherne. xvie siècle.

Haut., 21 cent.; larg., 1 m. 24 cent.

403 — Coussin en velours ponceau, couvert de riches broderies d'argent en relief et offrant à son centre un cartouche renfermant la lettre M surmontée d'une couronne et soutenue par deux anges debout, ces derniers brodés en soie de couleur et argent. xviie siècle.

Long., 64 cent.; larg., 54 cent.

404 — Couverture de livre in-folio, couverte de fines broderies à armoiries, trophées d'armes et ornements. Travail de la fin du xvie siècle.

405 — Couverture analogue à celle qui précède, de format in-4o.

406 — Belle coupe de damas vert, broché à rinceaux et fleurons en or et couleurs.

407 — Bandeau composé de trois lés de velours vert de Gênes, à quadrillages et fleurs. xvie siècle.

Haut., 98 cent.

408 — Coussin en velours de Gênes, à riche décor polychrome.

409 — Mitre d'évêque couverte d'un riche décor de rinceaux brodés en or en relief et chatons de pierreries rapportés ; les bandes portent des armoiries surmontées d'un chapeau de cardinal. Travail de la fin du xvie siècle.

ÉTOFFES

410 — Quatre grands rideaux composés de bandes de damas rouge et de bandes de très beau velours de même nuance, à dessin qui a été produit

par des broderies d'or qui y avaient été appliquées et qui ont disparu aujourd'hui. Ces rideaux sont garnis de belles franges anciennes et accompagnés de deux lambrequins de même travail, garnis d'une très belle frange à grille.

Hauteur des rideaux, 4 m. 75 cent.; larg., 2 mètres
Hauteur des lambrequins, 85 cent.; larg., 2 m. 20 cent.

411 — Trois portières de même travail, accompagnées de leurs lambrequins, à moulures et franges.

Haut., 2 m. 65 cent.; larg., 2 m. 78 cent. et 2 m. 60 cent.

412 — Deux rideaux composés chacun de trois bandes de velours semblable à celui des portières et des rideaux qui précèdent.

Haut., 4 m. 45 cent.; larg., 1 m. 50 cent.

413 — Deux rideaux composés de bandes de velours semblable et de damas rouge. Ils sont garnis de passementerie ancienne et accompagnés d'un lambrequin garni d'une frange à grille.

Haut., 4 m. 60 cent.; larg., 1 m. 96 cent.

414 — Belle bande de velours du XVIe siècle, à dessin vert sur fond jaune.

Long., 2 m. 47 cent.; larg., 27 cent.

415 — Ménagère formant portefeuille, en satin ponceau brodé en soie de couleur et argent.

416 — Deux beaux morceaux de velours ponceau de Gênes, à riche dessin, du XVIe siècle.

Longueur de chaque morceau, 1 m. 3 cent.; larg., 75 cent.

417 — Beau tapis en lampas à dessin vert sur fond jaune.

Long., 2 m. 35 cent.; larg., 1 m. 80 cent.

418 — Joli petit tapis de selle en soie bleu clair, très richement brodé en fin, à fleurs, palmes et rinceaux. XVIe siècle.

Long., 1 m. 10 cent.; larg., 93 cent.

419 — Tapis oriental en velours, décoré de palmes fleuries, sur fond ponceau et blanc lamé d'argent.

Long., 1 m. 85 cent.; larg., 1 m. 27 cent.

420 — Trois morceaux de velours de Gênes vert à fleurs, ton sur ton.

Environ 1 m. 50 cent

421 — Couvre-lit en damas de soie vert.

Long., 2 m. 34 cent.; larg., 2 m. 15 cent.

422 — Deux petites coupes de velours de Gênes, à fleurons bruns et jaunes sur fond crème.

423 — Lot de velours ponceau.

Environ 6 m. 30 cent. de long., en deux coupes.

424 — Lot de bandes de fleurs brodées en couleurs et découpées, destinées à être appliquées.

425 — Tapis de velours vert.

Long., 1 m. 80 cent.; larg., 1 m. 52 cent.

426 — Environ vingt mètres de galon vert velouté.

427 — Deux petits tapis d'Orient en toile écrue, brodés en soie de couleur.

Long., 87 cent.; larg., 1 m. 10 cent.

428 — Sac en velours vert couvert d'un dessin exécuté à l'aide de galons tissés en fin.

429 — Chasuble, en velours à parterre, à dessin vert sur fond jaune lamé d'or. Elle est accompagnée de ses accessoires : étole, manipule, etc.

430 — Chasuble à bandes de damas rouge et de beau velours du xvie siècle, à dessin frappé.

431 — Trois petites bandes de toile, brodées en soie ponceau à ornements, fleurs, lions, etc. xvie siècle.

432 — Veste Louis XI non montée, en peau de daim avec parties ajourées remplies par du satin jaune.

433 — Dix-huit glands, variés de dimensions et de travail.

434 — Fort lot de franges, galons et passementeries diverses.

435 — Tapis de table en beau velours vert, encadré d'une dentelle d'argent.

Long., 1 m. 65 cent.; larg., 1 m. 5 cent.

436-437 — Divers tapis en velours ponceau pour tables ou bahuts.

438 — Grand couvre-lit en moire verte.

Long., 3 m. 30 cent.; larg., 3 m. 8 cent.

439 — Environ 8m,75 de velours ponceau.

TABLEAUX

BOTTICELLI

(École de)

440 — *L'Adoration des bergers.*

Composition d'un grand nombre de figures sur panneau.

Haut., 85 cent.; larg., 63 cent.

CRIVELLI

441 — *Saint Michel assis et posant les pieds sur le démon.*

Il est vêtu d'un riche vêtement simulant des broderies d'or et de soie. Il porte de la main droite la boule du monde que surmonte un reliquaire d'orfèvrerie.

Haut., 1 m. 8 cent.; larg., 82 cent.

ÉCOLE ALLEMANDE

(xvi° siècle.)

442 — *Portrait d'Érasme.*

Haut., 16 cent.; larg., 13 cent.

ÉCOLE ALLEMANDE

(xvi° siècle.)

443 — Panneau rectangulaire offrant le Christ et quatre de ses apôtres vus à mi-corps et placés sous des arceaux à plein cintre dorés.

Hauteur, sans le cadre en bois doré, 27 cent.; larg., 87 cent.

ÉCOLE FRANÇAISE

(XVIᵉ siècle.)

444 — *Portrait d'homme vêtu de noir et d'une collerette plissée.*

Haut., 23 cent. ; larg., 20 cent.

JACOPO DA CASENTINO

(LANDINI dit)

Vers 1310. École de GIOTTO.

445 — *Peinture religieuse en trois panneaux.*

Trois panneaux ornés d'encadrements sculptés et dorés, à clochetons et arceaux en ogive.

Celui du milieu est divisé en trois compartiments superposés. En haut : le Calvaire. Au centre, Dieu le père, assis sur un trône, soutenant de ses bras ouverts le crucifix et ayant la Vierge à sa droite. En bas, la chute des anges rebelles. Les panneaux latéraux sont disposés en cinq frises superposées dans lesquelles sont rangées quatre-vingts figures d'apôtres, de prophètes et de saints personnages avec leurs attributs.

Haut., 1 m. 75 cent. ; larg., 1 m. 80 cent.

N° 654 du catalogue Beurnonville de mai 1881.

OUDRY

(Attribué à J. B.)

446 — *Oiseaux au brillant plumage dans des parcs.*

Deux gouaches en pendants.

Haut., 41 cent. ; larg., 27 cent.

www.ingramcontent.com/pod-product-compliance
Lightning Source LLC
LaVergne TN
LVHW012014180726
843502LV00005B/1716